STAR WARS™

O DESPERTAR DA FORÇA

DUAS AVENTURAS DO NOVO FILME DA SAGA

Escrito por
MICHAEL SIGLAIN

Ilustrado por
BRIAN ROOD

Disney | Lucasfilm | Pixel Media

STAR WARS™

A FUGA DE FINN & REY

No planeta arenoso de Jakku vivia uma solitária garota chamada **Rey**.

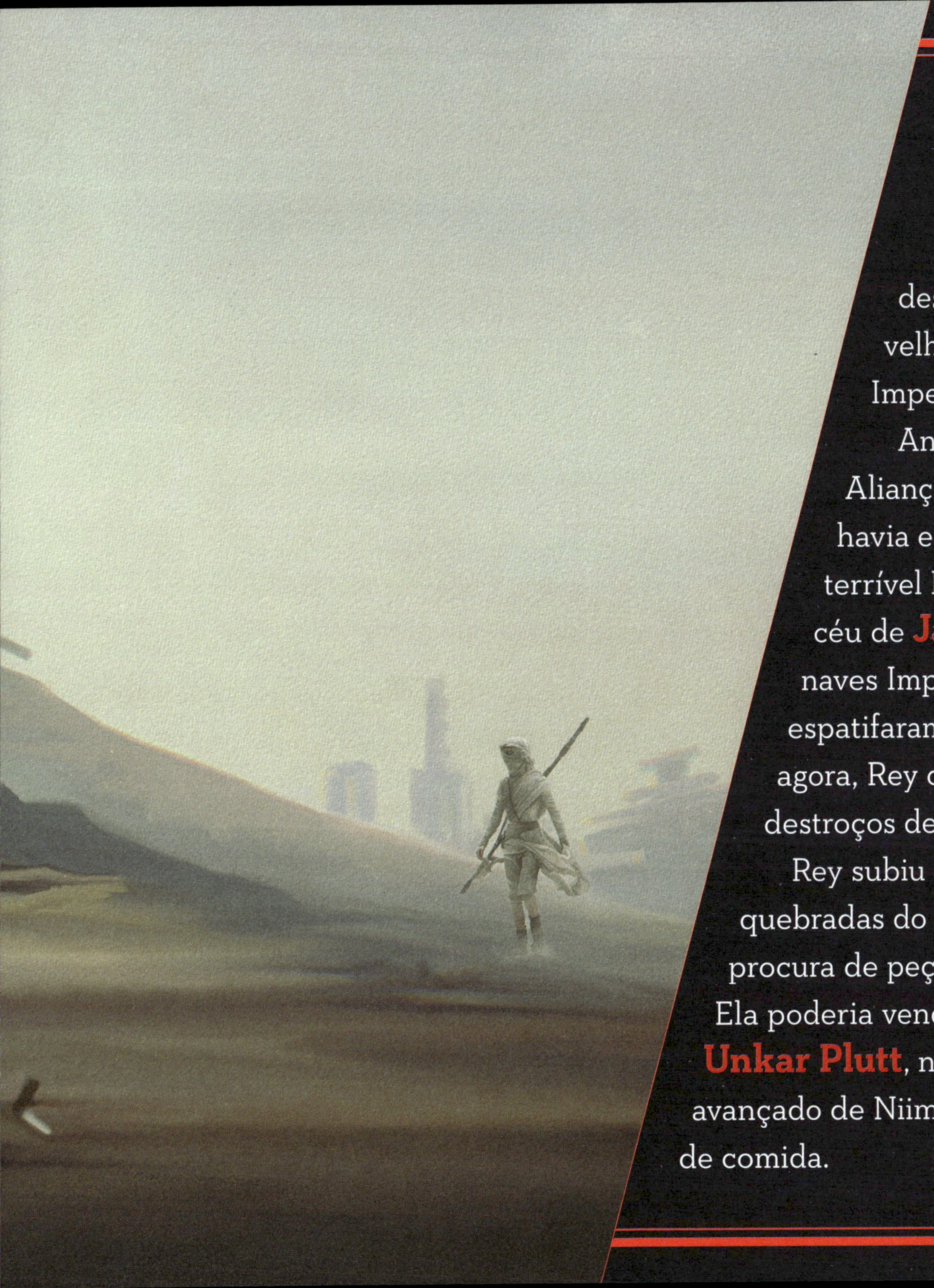

Rey vivia nos destroços de um velho walker Imperial.

Anos atrás, a Aliança Rebelde havia enfrentado o terrível Império sob o céu de **Jakku**. As naves Imperiais se espatifaram na areia e, agora, Rey chama aqueles destroços de casa.

Rey subiu nas naves quebradas do Império à procura de peças usadas. Ela poderia vendê-las para **Unkar Plutt**, no posto avançado de Niima, em troca de comida.

Certo dia, Rey viu um **pequeno droide** preso em uma rede. Coube a ela ajudá-lo.

O droide, chamado **BB-8**, seguia Rey por toda parte. Ela pensou em vendê-lo para Unkar Plutt, mas logo mudou de ideia. Rey havia gostado demais de BB-8 para fazer isso.

Unkar ficou furioso com Rey por ela não ter vendido BB-8 para ele. Por isso, mandou alguns de seus **capangas** roubarem o droide. No entanto, Rey conseguiu detê-los usando seu bastão. O que ela não sabia era que alguém a estava observando...

O homem que estava observando Rey e BB-8 se chamava **Finn**. Antes de ir para Jakku, ele tinha sido um stormtrooper da **Primeira Ordem**, um terrível grupo que queria controlar a galáxia.

Finn não gostava da Primeira Ordem, nem de ser um stormtrooper. Quando ele viu a Primeira Ordem maltratando um piloto da Resistência chamado **Poe**, decidiu ajudá-lo a escapar.

Finn e Poe fugiram em um **caça TIE**. Durante a viagem, Poe falou sobre um droide especial chamado BB-8. Esse droide estava no planeta Jakku, para onde eles estavam indo.

Porém, a caminho de Jakku, a nave foi **derrubada**. Finn tentou procurar Poe, mas tudo que encontrou foi a jaqueta dele. Agora, Finn era um fugitivo da Primeira Ordem.

Ele vagou pelo deserto e se espantou ao ver um droide igualzinho ao BB-8! Finn sabia que tinha que levar o droide de volta para a **Resistência.**

Justamente na hora em que Finn se apresentava a Rey, um esquadrão de **stormtroopers atacou**! Eles também queriam o BB-8.

Rey guiou Finn e BB-8 pelo Posto Avançado de Niima, tentando fugir dos stormtroopers. Mas os stormtroopers eram muito rápidos!

Então, caças TIE surgiram do céu e começaram a atirar neles. Rey sabia que a única maneira de **escapar** seria conseguindo uma nave. Eles seguiram em direção a uma nave novinha em folha... mas os caças TIE a explodiram. Rey e Finn precisavam de um plano B – e rápido.

O trio partiu em direção à nave mais próxima. Era um velho pedaço de sucata semicoberto por uma lona. O que eles não sabiam era que aquela nave se tratava da lendária ***Millennium Falcon***!

Rey correu imediatamente para a cabine de piloto e se sentou na poltrona de capitão. Ela ligou o motor e a velha nave arrancou.

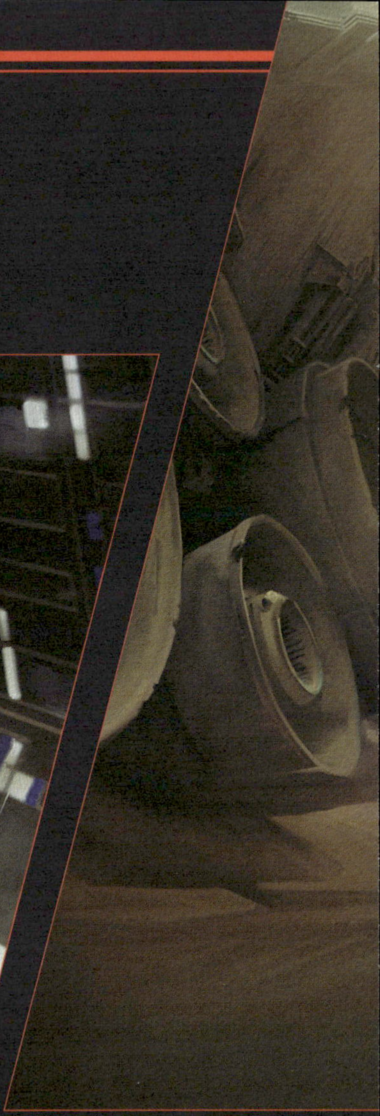

A *Millennium Falcon* ergueu-se através de uma nuvem de areia e fumaça. Ela **voou para longe** de Niima, mas os caças TIE a seguiram. As naves inimigas atiraram na *Falcon*. Rey rapidamente bolou um plano para despistá-las.

Rey pilotou a *Millennium Falcon* passando pelo **cemitério de naves**! Todos os caças TIE caíram, exceto um. Esse último se esquivou dos destroços e não parava de atirar contra a *Falcon*.

Finn correu para a poltrona de atirador. Ele esperou Rey virar a nave para trás para conseguir mirar no caça TIE que se aproximava.

Rey virou a *Falcon* na hora certa, deixando-a de frente para a nave inimiga. Então, Finn começou a atirar e o caça TIE **explodiu** em um clarão brilhante.

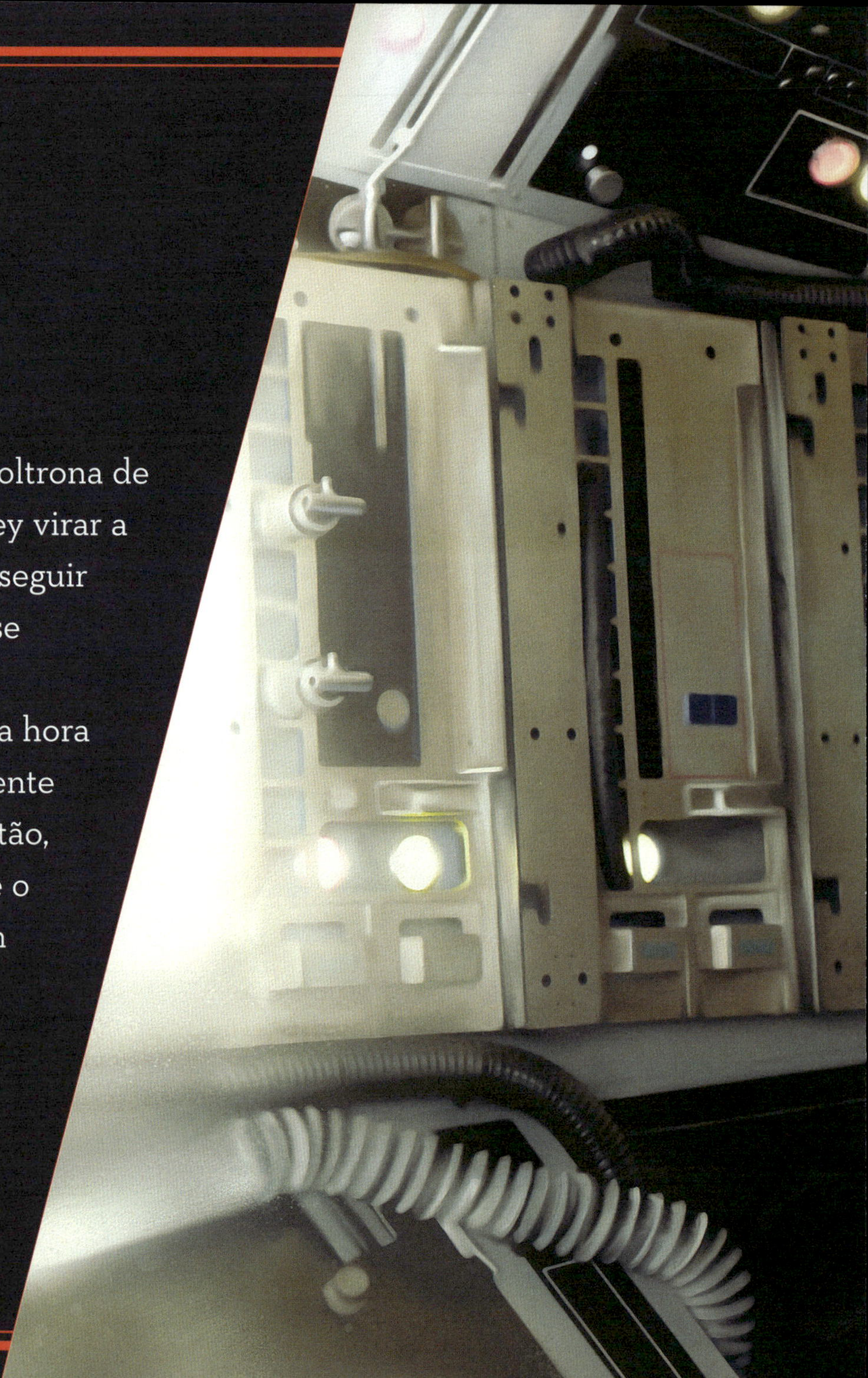

Assim que Rey e Finn fugiram de Jakku, na *Millennium Falcon*, ele contou tudo sobre BB-8. Ela concordou em ajudá-lo a levar o droide de volta para a Resistência. Rey e Finn sabiam que suas **aventuras** estavam apenas começando.

STAR WARS™

O RETORNO DE HAN & CHEWIE

A ***Millennium Falcon*** voava pelos recantos mais distantes da galáxia, sem saber do perigo que se aproximava.

Uma enorme **nave em forma de baleia** apareceu sobre a *Falcon* e a engoliu por inteiro!

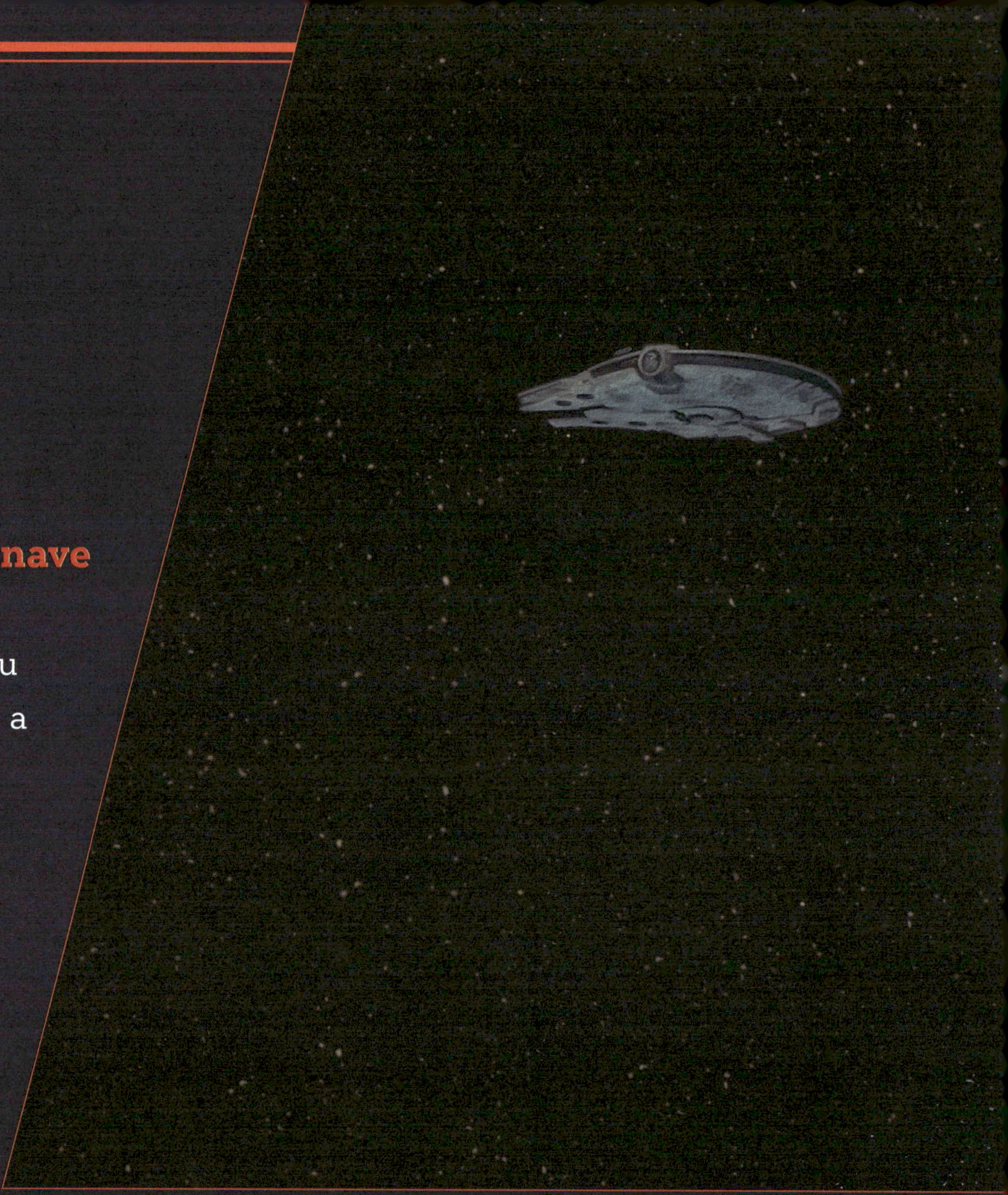

Dentro da *Falcon*, estavam **Rey**, uma jovem catadora de sucatas do planeta Jakku; **Finn**, um ex-stormtrooper da Primeira Ordem; e **BB-8**, um pequeno droide com um grande segredo. Os três rapidamente se esconderam quando alguém – ou algo – subiu a bordo da *Millennium Falcon*.

Duas figuras – **um humano e um Wookiee** – atravessaram a *Falcon* e logo descobriram Finn e Rey.

"Onde vocês conseguiram esta nave?", perguntou o homem.

Rey explicou que ela estava em Jakku e já havia sido roubada diversas vezes.

"Bem, Han Solo acaba de roubar a *Millennium Falcon* em definitivo!", disse o homem.

Rey não conseguia acreditar no que estava ouvindo. Han Solo. O **Han Solo**!

Han era um lendário general da Aliança Rebelde. Ele e **Chewbacca**, o Wookiee, tinham ajudado os rebeldes a ganhar a guerra contra o terrível Império Galáctico. **Eles eram heróis**.

Mas Han não era mais um general rebelde, nem fazia parte da nova Resistência contra a Primeira Ordem. Ele apenas queria que Rey, Finn e o pequeno droide dessem o fora de sua nave.

"Não!", Rey suplicou. "Nós temos que levar BB-8 para a base da Resistência. Ele tem informações sobre o **Cavaleiro Jedi Luke Skywalker**."

Antes que Han pudesse responder, ouviu-se um barulho bem alto. Han ordenou que todos permanecessem parados enquanto ele e Chewie investigavam.

Duas gangues perigosas tinham subido a bordo do cargueiro de Han: a **Gangue da Morte Guaviana** e o **Kanjiklub**. Han devia dinheiro aos dois grupos e eles estavam lá para cobrar.

Era um **beco sem saída**, com Han e Chewie presos entre as duas gangues furiosas.

Rey e Finn sabiam que tinham que ajudar.

Rey e Finn tentaram criar uma armadilha para as gangues em outro corredor, mas, em vez disso, acabaram acidentalmente soltando uma carga perigosa.

Dentro do porão da grande nave, estavam os **rathtars** – enormes criaturas que parecem um polvo, mas deslizam melhor pelo chão do que pela água. E, agora, eles estavam soltos.

Os rathtars atacaram os membros das gangues, dando a Han e Chewie uma chance de escapar.

Em meio a todo o caos, Han e Chewie enfrentaram os membros do Kanjiklub. Eles não deixariam nada, nem ninguém, atrapalhar seus planos de recuperar a *Falcon*.

Durante a batalha, um dos rathtars agarrou Finn e o capturou. Rey **perseguiu** o monstro pelo cargueiro até alcançar um painel de controle. Ela rapidamente girou alguns botões e uma grande porta levadiça fechou bem em cima da criatura.

Finn estava livre!

Enquanto a batalha seguia, Han e Chewie se aproximavam da *Millennium Falcon*. Mas, no momento em que eles abriam caminho até a nave, Chewie foi atingido no ombro.

Han rapidamente pegou a **balestra de Chewie** e atirou contra os membros da gangue que se aproximavam. E funcionou! Han os manteve longe o suficiente para que todos pudessem novamente subir a bordo da *Falcon*.

Han deslizava na poltrona de piloto, enquanto Finn ajudava Chewbacca na estação médica. Com Chewie ferido, Han precisava de alguém para ser seu copiloto. Rey sentou-se no lugar de Chewie e, em questão de segundos, a *Falcon* estava voando para longe do ponderoso cargueiro. Não havia nenhum jeito de as gangues conseguirem capturá-los agora. **Finalmente, eles estavam a salvo.**

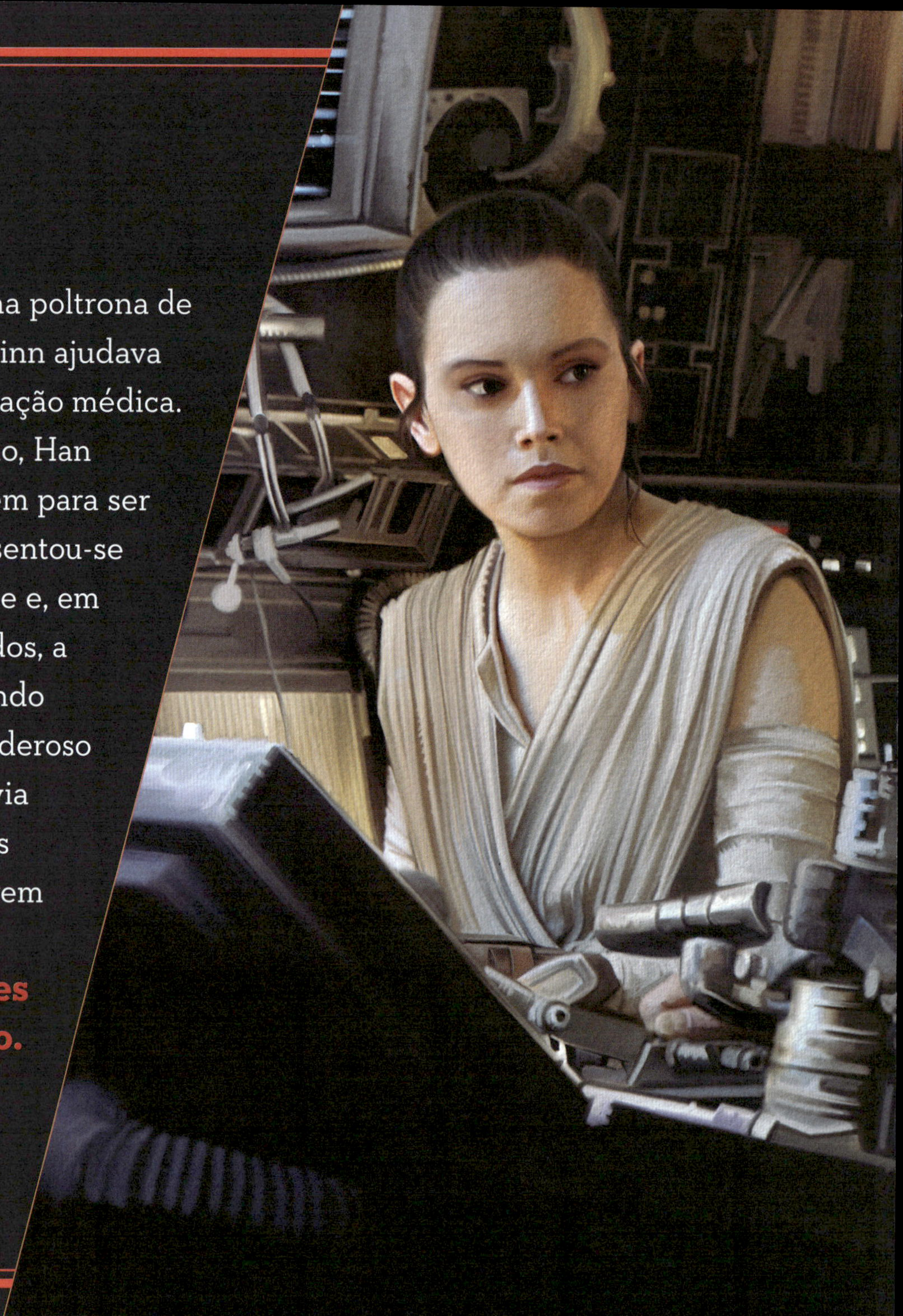

À medida que a *Falcon* cruzava o espaço, o grupo começou a conversar. Rey e Finn explicaram que BB-8 continha informações vitais que poderiam ajudar a **Resistência** e deter a terrível **Primeira Ordem** de uma vez por todas.

Han pensou longa e profundamente sobre aquilo. Ele não tinha certeza se queria voltar a lutar por outra pessoa.

Han Solo e Chewbacca têm sido **piratas, contrabandistas e rebeldes**. Mas, agora, graças a Rey, Finn e BB-8, eles se juntariam aos seus novos amigos e lutariam pela liberdade. **Eles seriam heróis novamente**.